유리인형

유리인형

1판 1쇄 : 인쇄 2014년 05월 13일
1판 1쇄 : 발행 2014년 05월 16일

지은이 : 박봉은
펴낸이 : 서동영
펴낸곳 : 서영출판사

출판등록 : 2010년 11월 26일 제25100-2010-000011호)
주소 : 서울특별시 마포구 서교동 465-4, 광림빌딩 2층 201호
전화 : 02-338-7270 팩스 : 02-338-7161
이메일 : sdy5608@hanmail.net

그 림 : 박덕은
디자인 : 이원경

ⓒ2014박봉은 seo young printed in seoul korea
ISBN 978-89-97180-35-6 04810
ISBN 978-89-97180-00-4(set)

유리인형

2014 · 서영

박봉은 시인의 제5시집 출간을 축하하며

  박봉은 시인은 어렸을 때부터 글 쓰는 것을 아주 좋아해서 같은 집에서 함께 살고 있던 "겨울 공화국" 시집의 저자이자 외삼촌인 양성우 시인에게 수시로 시를 써서 보여 주고는 평가를 받았다. 뿐만 아니라 음악과 미술에도 남다른 재능을 보여 평상시에도 자주 노래를 작곡하기도 하고, 그림 대회에서 여러 번 상을 받았다. 군에 입대해서는 자작시가 자주 전우신문에 실리는가 하면 자신이 몸담고 있던 부대의 중대가를 직접 작사 작곡하여 부대 행군이나 행사 때마다 모든 중대원들이 그 중대가를 부르곤 했다. 육군 제3사관학교 부대 내 보안단막극 경연대회에서는 직접 연극 대본을 쓰고 음향, 조명 등을 연출하였는데, 2년 연속 우승을 하여 그 공로를 인정받아 대대장으로부터 표창을 받기도 했다. 이처럼 젊은 시절부터 박봉은 시인의 예술적 재능은 남달랐다. 중년이 되던 어느 날, 우연히 시인들의 모임을 접한 지 4년도 채 못 되어 벌써 5권의 시집을 펴내게 되다니, 게다가 제 15회 세계평화미술대전 수채화 부문 입선, 제 16회 세계평화미술대전 수채화 부문 특선, 제 50회 목우공모미술대전 서양화 부문 특

선까지 거머줬었으니, 놀라움을 금할 수 없다.

인생을 꾸려가면서 조금 덜 후회하는 길이 있다면, 그건 아마도 창조적인 삶을 살아가는 것일 것이다. 창조적인 삶 중 하나가 바로 시 창작의 길이다. 시 창작은 메모지와 볼펜 하나면 된다. 창조적 삶 중 가장 간편한 것이 아닐 수 없다. 어디 가서나 나이를 많이 먹어도 가능한 일이다. 그래서 우리는 시 창작을 선호한다. 박봉은 시인도 시의 효능과 가치를 깨닫고 이를 가슴 깊숙이 받아들여 실천하고 있는 멋쟁이 중 한 사람이다.

박봉은 제1시집 〈당신만 행복하다면〉에서는 우리 주위 사물과 추억과 상념에 대해 다채로운 시선으로 바라보고 이미지로 시적 형상화를 해놓아 독자들의 눈을 즐겁게 해주었다. 사물을 바라보는 신선한 감각과 그 새로운 해석을 통해 활기찬 삶의 에너지를 이끌어내는 솜씨를 보여 주었다. 그 어떠한 세파에도 의연함을 잃지 않은 삶을 예찬하고, 다정함과 따스함과 애틋함으로 타인의 아픔을 감싸고 공감하며, 삶의 의미와 방향을 밝게 이끌어 나가고 있다.

박봉은 제2시집 〈아시나요〉에서 시인은 자기 자신을 키워 준 모든 것들에 깊이 감사하고 고마워하고 있다. 당신을 설정해 놓고, 그 당신을 주축으로 시상을 끌어가고 있다. 시 속의 당신은 그의 이상향일 수도 있고, 연인일 수도 있고, 스승일 수도 있고, 또 자신의 인생 길잡이일 수도 있다. 그 당신을 향해 줄기찬 감사와 존경과 애정을 바치고 있다. 더불어 그 안에서 기쁨을 느끼고 희망을 품고 보람을 느끼며 행복해 하고 있다. 그는 가슴으로 시를 쓰고 있다. 이미지 구현보다는 사랑의 향기를 서술의 물줄기 위에 실어 구구절절 호소하고 있다. 그리하여 읽은 이들의 가슴에 자리잡고 있는 보편성에 감동의 전율을 선물하고 있다. 더불어 아이러니를 적절히 기저에 깔아 놓아 더욱 진하고 감동적인 호소력을 얻어내는 데 성공하고 있다.

박봉은 제3시집 〈당신에게/하나〉에서는 아주 단순한 시 세계를 구축하고 있다. 그저 하고픈 내면의 웅얼거림을 아주 듣기 편하게 자연의 소리처럼 마구 쏟아내고 있다. 그런 과정에서 그 어떤 가식이나 억지나 수다스런 포장도 하지 않는다. 가슴속에 흐르고 있는 감성의 소리에 소박한 이미지의 옷을 입혀 봄나들이를 내보내고 있을 뿐이다. 시에게 순수한 가슴이 있다면, 그곳을 향해 돌진하여 한아름 시심을 들고 나와 너울너울 나비처럼 날아가고 있을 뿐이다. 이 기법을 통하여 독자의 가슴을 울리고 웃기고 함께 눈물짓고 감동하고 함께 미소 지으며 기뻐하고 있다.

박봉은 제4시집 〈비밀 일기〉에서는 다시 제1집으로 회귀한 듯한 시 세계를 보여 주고 있다. 여기서는 휘몰아가는 듯한 시상의 흐름을 약간 멈추고 좀더 여유롭게 관조적으로 사물을 바라보고 있다. 사물 하나하나 섬세히 관찰하거나 내려다보면서 새로운 각도로 해석하고, 되도록 이미지 구현으로 시적 형상화를 이루면서 시의 맛과 멋을 한층 강화시켜 놓고 있다. 그러면서 내면의 아픔과 응어리를 미적 가치의 그릇에 담아 반성하고 나아가 치유라도 하려는 듯 진솔히 토로하고 있다. 그 모습이 멋스럽다. 인간의 아름다운 모습들 중 하나가 아닌가 싶다. 시를 통해 치유하고 시를 통해 부정을 긍정으로 끌어올리는 에너지와 힘과 기, 그게 그의 시에서 느껴지기에 그만큼 소중하다.

  박봉은 제5시집은 또 어떤 흐름으로 시의 특질을 이어가고 있는 것일까.

사랑이 깊어질수록
나의 가슴속에서는
황홀한 향기로 가득 채워집니다

믿음이 커갈수록
나의 마음속에서는
당신이 무한히 크게 느껴집니다

함께하는 시간이 많아질수록
나의 몸속에서는
행복이 점점 높이 쌓여 갑니다

서로에 대한 관심이 높아질수록
나의 눈망울 속에서는
당신이 더욱더 아름답게 보입니다.
                    - [당신을 생각하며 · 2] 전문

이 시에서 보여지는 특징은 박봉은 시인이 자주 사용하고 있는 대구법이다. '~할수록 ~니다'의 구도로 1연부터 4연까지 통일시켜 놓고 있다. 사랑이 깊어질수록, 믿음이 커갈수록, 함께하는 시간이 많아질수록, 서로에 대한 관심이 높을수록 등의 표현을 통해, 우리 주변에 평이하면서도 꼭 하고픈 말들을 배치해 놓고 있다. 출발은 서술이지만, 이를 이어받은 것들은 대부분 이미지로 처리하고 있다. 가슴이 향기로 채워지고, 마음이 무한히 느끼고, 몸속에 행복이 쌓여 가고, 눈망울 속에는 아름다움이 보인다. 이 시가 보여 주고 있는 시적 흐름이 박봉은 시인의 시 기법이기도 하다. 평이한 일상에서 소재를 택하고 이를 서술로 출발시켜 놓고, 대구를 이루며 마무리는 이미지로 처리하는 표현 기법, 얼른 보아 시가 아닌 듯하면서도 시의 맛을 갖게 하는 기법이다. 현대인들이 시를 어렵게 여겨 읽기를 피하기 쉬운데, 그런 면에서 박봉은 시인의 시들은 독자들에게 쉽게 다가가 가슴을 열게 한 뒤 잽싸게 파고 들어가 이미지를 심어 놓는다. 그래서 그의 시들을 독자들이 한결같이 좋아하나 보다.

사랑하는 그대여
걱정 말아요
이 세상의 근심덩어리
당신에게 얼씬 못하도록
내가 다 바람에 날려 버릴게요

사랑하는 그대여
걱정 말아요
이 세상의 슬픔덩어리
당신에게 달라붙지 못하도록
내가 다 사랑으로 씻어 드릴게요

사랑하는 그대여
걱정 말아요
이 세상의 외로움덩어리
당신에게 내려앉지 못하도록
내가 다 꽃향기로 쓸어 버릴게요

사랑하는 그대여
걱정 말아요
이 세상의 무서움덩어리
당신에게 다가가지 못하도록
내가 다 온몸으로 막아 드릴게요.

- [걱정 말아요 · 2] 전문

이 시에서도 '사랑하는 그대여 걱정 말아요'를 각 연
마다 앞으로 내보낸다. 그리고 근심덩어리를 얼씬 못
하도록 바람에 날려 버리고, 슬픔덩어리가 달라붙지
못하도록 사랑으로 씻어 드리고, 외로움덩어리가 내
려앉지 못하도록 꽃향기로 쓸어 버리고, 무서움덩어리
가 다가가지 못하도록 온몸으로 막아 드리겠다는 표현

을 뒤로 배치해 놓고 있다. 앞은 서술인데, 뒤는 이미지 구현으로 시적 형상화를 이뤄 놓고 있다. 전체적으로는 아주 편안하게 독자에게 서술로 다가가는 듯하면서, 대구로 배치되어 있는 각 연의 뒷부분은 이미지로 배치해 놓아, 시의 맛을 살려 놓은 식이다. 이러한 기법은 독자들에게 거부감 없이 다가가 시의 향기에 젖도록 이끄는 매력이 있다.

발밑에 나뒹구는 기진함까지
하염없이 바구니에 주워 담으며
기다리고
기다리고

긴긴밤 불이 꺼일 때까지
미안함 가득 팔고 앉아
기다리고
기다리고

가눌 수 없을 만큼 흐트러진 고뇌
깊게 패일 때까지
기다리고
기다리고

퇴색한 추억
산자락에 고이 묻어 놓고

기다리고
기다리고.

- [이별 뒤 · 3] 전문

이 시에서는 각 연의 후반부를 '기다리고 기다리고'라
는 서술로 배치하고 전반부를 이미지로 깔아 놓는 기법
을 활용하고 있다. 1연에서, 발밑에는 기진함이 나뒹굴
고 있다. 그 기진함을 바구니에 하염없이 주워 담고 있
는 이미지가 포착된다. 2연에서, 긴긴밤 불이 꺾일 때까
지 미안함을 깔고 앉아 있다. 꺾이는 불, 깔고 앉은 미
안함 등이 선명한 그림을 가슴에 그려놓으며, 시의 맛을
살아나게 하고 있다. 3연에서 고뇌가 가늘 수 없을 만큼
흐트러져 있다. 그 고뇌가 깊게 패일 때까지 기다리겠
다는 것이다. 추상이 구상과 손잡고 시의 특질을 잘 구
현해 놓고 있다. 4연에서, 추억은 퇴색되어 있다. 이 추
억을 산자락에 고이 묻는다. 역시 추상은 구상과 어우러
져 시적 형상화에 성공하고 있다. 이러한 이미지가 먼저
배치된 뒤, 그럴 때까지 기다리고 기다리겠다는 서술을
깔아 놓음으로써, 시를 완성시켜 놓고 있다. 이러한 기
법도, 독자들에게 아주 자연스레 다가가 빨리듯 스며드
는 장점을 지니고 있다.

봄날 새싹 돋듯
우리의 연분홍 설렘이
이 땅에 맨 처음 고개 내밀던 곳

껴안기는 수줍음으로
우리의 사랑 다독여
달그림자에 곱게 수놓던 곳

떨리는 가슴 쥐어짜
우리의 발밑에 흩뿌려 놓고
애틋함을 고이 묻어 놓던 곳

억제할 수 없는 열정의 향기
우리의 가슴 뒤덮은 채
물안개처럼 사방에 피어오르던 곳.
- [첫 데이트] 전문

이 시는 첫 데이트를 시적 형상화해 놓고 있다. 1연에서, 껴안기는 수줍음으로 사랑을 다독여 달그림자에 곱게 수놓는 곳이 첫 데이트라고 하고 있다. 수줍음과 사랑은 추상이지만, 달그림자와 수놓기는 구상이다. 구상과 추상이 잘 어우러져 있다. 2연에서, 떨리는 가슴을 쥐어짜 발밑에 흩뿌려 놓는다. 그리고는 애틋함을 고이 묻어 놓는다. 그곳이 바로 첫 데이트라는 것이다. 여기서도 떨리는 가슴과 발밑이라는 구상과 애틋함이라는 추상을 이미지로 결합시켜 놓고 있다. 3연에서, 열정의 향기가 가슴 뒤덮은 채 물안개처럼 사방에 피어오르고 있다. 그곳이 첫 데이트라는 표현으로 시를 마무리 짓고 있다. 이미지로 선명히 그려져, 서술인

듯하면서도, 이미지로 시적 형상화를 이뤄 놓아, 일기
와는 다른, 산문과는 다른, 시의 맛을 살려 놓고 있다.

　마음속 깊은 샘
　끝없이 흘러넘치는
　연분홍빛 수줍음

　풀내음으로 끌어모아
　꽃님에 소곤소곤
　달님에 소곤소곤

　꽃방아로 곱게 찧어
　이슬 부어 반죽한 뒤
　달빛으로 꽁꽁 묶어

　무지갯빛 햇살로
　뜨겁게 구워 빚은
　보랏빛 보석상자.

- [고백] 전문

　이 시에서는 고백의 세계를 시어로 그림 그려 놓고
있다. 고백은 어떠한 존재일까. 그것은 마음속 깊은 샘
에 근원지가 있다. 거기서 끝없이 흘러넘치는 연분홍
빛 수줍음이 있는데, 그것을 풀내음으로 끌어모은다.
그런 뒤 꽃님에 소곤소곤, 달님에 소곤소곤, 꽃방아로

곱게 찧는다. 그리고는 이슬 부어 반죽한다. 이번에는 달빛으로 꽁꽁 묶어 무지갯빛 햇살로 뜨겁게 구워 빚는다. 그리하여 드디어 보랏빛 보석상자를 완성한다. 그게 바로 고백이라는 것이다. 현란한 이미지의 구현 솜씨를 자랑하고 있다. 마치 시어들을 진흙처럼 자유자재로 활용하여 '고백'이라는 청자를 빚어내는 솜씨를 보는 듯하다. 이처럼 이미지는 시를 살려 주고, 시의 맛을 돋보이게 해주고, 힘을 잃어가는 시의 마력을 되살려 주는 소중한 시의 디딤돌이다. 이 땅에 이미지 없이 서술로만 되어 있는 시 아닌 시들에게 따끔한 메시지를 전해 주는 듯하다.

내가 지금
깊은 슬픔에 잠겨 있는 건
우리가 영원히 이별할 날이
그리 얼마
남아 있지 않기 때문

내가 지금
이렇듯 애가 타는 건
늙고 병들어가는 당신에게
예전의 그 싱싱함을
되돌려 줄 수 없기 때문

내가 지금

진종일 답답해하고 있는 건
그동안 당신에게 남아 있는
그 많은 그늘진 기억들을
깨끗이 지워줄 수 없기 때문.
- [내가 지금] 전문

이 시에서는 '내가 지금'을 앞으로 배치하고, 어떤 이
유를 열거하고 있다. 깊은 슬픔에 잠겨 있는 이유, 애
가 타는 이유, 진종일 답답한 이유. 첫째는 영원히 이
별할 날이 얼마 남지 않았기 때문이고, 둘째는 늙고 병
들어가는 당신에게 예전의 그 싱싱함을 되돌려 줄 수
없기 때문이고, 셋째는 당신에게 남아 있는 수많은 그
늘진 기억들을 깨끗이 지워줄 수 없기 때문이다. 서술
로 보여 시가 아닐 수 있는 위기를 진솔한 고백으로,
싱싱함을 되돌려 줄 수 없다, 그늘진 기억들을 깨끗이
지워줄 수 없다 등의 표현으로 간신히 넘기고 있다. 시
적 표현, 이미지 구현으로 가기엔 너무나도 하고픈 말
이 절절절 앞섰던 것일까. 박봉은 시인의 시 세계에 영
원히 주어진 숙제가 여기에 버티고 있다. 어디까지 서
술로 가고, 어디까지 시적 형상화로 갈 것인가. 줄줄줄
쏟아져 나오는 하고픈 말들을 그대로 놔둘 것인가. 아
니면, 최대한 절제하며, 함축미와 이미지를 되도록 살
리는 시를 쓸 것인가. 이 두 방향을 잘 조화롭게 조율
하는 게 숙제로 남는다.

꿈속에서조차 몸서리치면서도
고였던 아픔 다 흘려보내고
상큼한 마음으로
다시 바라본다

소나기 흠뻑 뒤집어쓰고도
애써 태연히 걷어내고
몸가짐 바로하고
다시 바라본다

겨울 아침 찬서리를
온몸에 뒤집어쓰고도
이내 다 털어내 버리고
화사함 가득 담은 마음으로
다시 바라본다

짐이란 짐을 혼자 다 짊어진 채
전혀 아무 일 없었다는 듯
극히 평온한 모습으로
보금자리 토닥이며
다시 바라본다.

- [시간이 지나면] 전문

이 시에서는 '~며 다시 바라본다'를 후렴처럼 반복하
고 있다. 1연에서, 몸서리치는 꿈속, 고였던 아픔 흘려

보내고, 2연에서, 뒤집어쓴 소나기 애써 걷어내 몸가
짐 바로하고, 3연에서, 겨울 찬서리 다 털어내 버리고
화사함 가득 담은 마음으로, 4연에서, 짐을 혼자 짊어
진 채 아무 일 없었다는 듯이 극히 평온한 모습으로 보
금자리 토닥이며, 다시 바라보고 있다. 이 시 역시, 서
술의 흐름 위에, 이미지 구현의 섬세한 배치를 해놓고
있다. 흘려 보내는 아픔도 보이고, 소나기 애써 걷어내
고는 몸가짐을 바로하는 모습도 보이고, 찬서리 떨어
내 버리고 화사함 가득 담은 마음도 보인다. 또 짐을
짊어지고 평온한 모습으로 보금자리 토닥이며 바라보
고 있는 모습도 선명히 그려진다. 이러한 이미지 구현
이 없었더라면, 박봉은의 시들은 그저 평이한 일기에
지나지 않았을 것이다. 다행히도 그의 시에 끈끈하게
달라붙어 있는 이미지 구현이 시의 맛을 내는 효자 노
릇을 톡톡히 하고 있다.

까맣게 그을린 아우성들
긴 한숨에 실어
지평선 노을 너머로
띄워 보내고

끼룩끼룩
새들의 울음소리
회색 바람에 실어
잿빛 구름 위로 날려 보내고

박봉은 시인의 제5시집 출간을 축하하며 ■

재잘재잘
추억의 소리
소슬바람에 묶어
뒤뜰에 가둬 두고

가늘게 가슴에 스며든
개 짖는 소리
방안 화롯불 속에
소담히 묻어 놓네.

- [향수] 전문

  이 시에서는, 향수를 시어의 그림으로 색칠하고 있다. 아우성들은 까맣게 그을려 있다. 이 아우성을 긴 한숨에 실어 지평선 노을 너머로 띄워 보내고 있다. 끼룩거리는 새의 울음소리는 회색 바람에 실어 잿빛 구름 위로 날려 보낸다. 그리고 재잘거리는 추억의 소리는 소슬바람에 묶어 뒤뜰에 가둬 둔다. 그런 뒤 가늘게 가슴에 스며든 개 짖는 소리는 방안 화롯불 속에 소담히 묻어 놓는다. 이게 향수라는 것이다. 기막힌 이미지 구현의 솜씨가 자리하고 있다. 박봉은 시인의 시들이 왜 아직도 싱싱하게 살아 독자들의 가슴을 깊숙이 파고드는지 알 만하다. 이는 단순한 서술, 일기 같은 좋은 글로 어림없다. 이 시에서 보는 바처럼, 시는 무엇보다 이미지 위에 구축되어야 한다. 이미지 없는 시는 텅 빈 나뭇가지나 다름없다. 쉽게 부러져 버리고, 오래

가지 못한다. 시가 100여 년 생명력이 있으려면, 역시 이미지를 강화시켜야 한다. 이 점을 박봉은 시인은 어느덧 가슴에 깊이 새기고 있는 것 같다.

박봉은 시들은 여기서 그치지 않을 것이다. 앞으로도 제6시집이 나올 것이고, 제7시집도 나올 것이다. 그의 시들이 몇 권의 시집에서 멈출지 아무도 모른다. 다만, 그의 시가 단순한 서술이 아니라, 이미지와 손잡고 나아간다면, 앞으로도 줄기차게 독자의 사랑을 받게 될 것은 분명하다. 부디 서술 위주의 좋은 글들이 시로 둔갑하여 허수아비 춤판을 벌이는 21세기 한국 시집들 속에서 오래도록 살아남는 이미지 시들을 써 주기를 바란다.

다시 한번 박봉은 제5시집 출간을 축하한다. 첫 시를 써서 수줍게 보내오던 때가 엊그젠데, 벌써 5권의 시집이라니, 놀랍고 경이롭고 대견하기만 하다. 이후에도 시 창작을 끊임없이 펼쳐서, 한국 문학사에 남을 만한 좋은 시들을 많이 남겨 주기를 소망해 본다.

– 유난히도 싱그럽고 아름다운 봄날에 낭만의 세상을 꿈꾸며
한실 문예창작 지도 교수 박덕은
(문학박사, 문학평론가, 시인, 소설가, 동화작가, 수필가, 사진작가, 화가)

작가의 말

생애 다섯 번째 시집을 세상에 내놓으며

　2014년 갑오년 새봄을 맞이하면서 나의 생애 다섯 번째 시집을 세상에 내놓게 되었습니다.

　2010년에 출간한 나의 제1시집 "당신만 행복하다면"과 제2시집 "아시나요", 2012년에 출간한 제3시집 "당신에게·하나", 그리고 2013년에 출간한 제4시집 "비밀일기"에 이어 내놓게 되는 제5시집 "유리인형"은 나만의 예민한 가슴으로, 예리한 눈으로, 섬세한 감성으로 한 폭의 수채화를 완성하듯, 세심하고 감미롭게 담아놓았습니다.

　지금까지 내가 살아오면서 가슴속에 깊게 스며들었던 비밀스러운 이야기들을 여리고 미세한 감성의 끝 부분을 찾아서 소박하고 꾸밈없이 그려놓았습니다.

　앞으로도 내가 이 세상을 떠나는 그 날까지 게을리하지 않고 숨겨진 가슴속 이야기들을 하나하나 꺼내 펼쳐나가겠습니다. 비록 감성 표현이 어색하더라도 비록 하찮은 감성 하나라도 계속 변함없는 사랑과 관심으로 지켜봐 주시고 격려해 주시기를 바랍니다.

그동안 저를 지도해 주시고 이끌어 주신 한실 문예창작 지도 교수 박덕은 박사님, 그리고 오랜 세월 함께 문예창작의 길을 걸어오고 있는 한실 문예창작의 여러 문우님들, 그리고 격려를 아끼지 않았던 친지, 친구, 지인들에게도 다시 한번 감사의 마음을 바칩니다.

특히 사랑하는 나의 아내 손영미와 큰딸 소연, 둘째딸 소정, 아들 세원, 그리고 사위 한상규, 외손자 유준에게 나의 뜨거운 사랑을 전합니다.

― 2014년 5월 초록빛 신록의 기쁨을 온몸으로 만끽하며

시인 · 화가 박봉은

祝詩

박봉은

박덕은

서릿발 딛고
일어서서
키워낸 가슴

시심으로
다소곳이
받쳐 들고

낭만을 어깨에 휘휘 두른 채
유유히 걸어가는
나그네

겹겹 쌓인
설움도 한도
물안개에 실어 보내고

여생의 화폭을
순수와 여백으로
감미롭게 덧칠하며

눈물 없는
자유의 동산 향해
묵묵히 걸어가는
나그네

그 어떤
세찬 세파에도
끄덕없는 심지 세워

보다 더 포근하고
보다 더 보드라운
향기 찾아

의지 박힌 푸르른 발걸음으로
선선히 걸어가는
나그네.

祝詩 - 박덕은

차 례

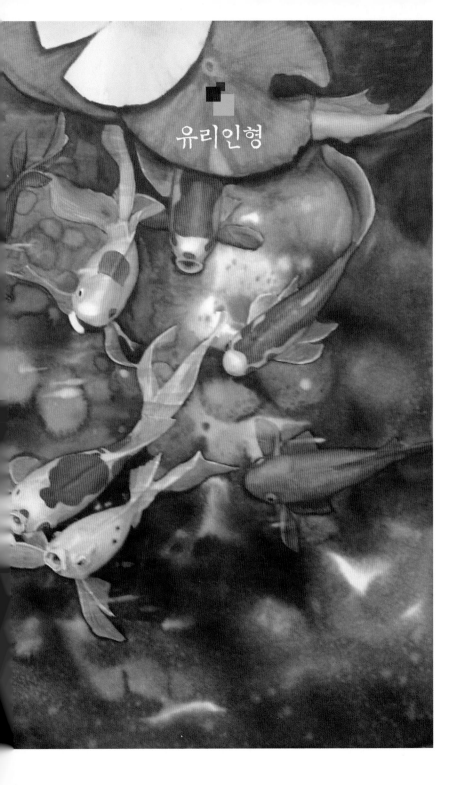

유리인형

그토록 사나운 그리움이
휩쓸고 지나간 자리엔
눈물의 구덩이만
핏빛으로 남았습니다

그토록 거대한 외로움이
휩쓸고 지나간 자리엔
초라한 쓸쓸함만
갈색으로 물들었습니다

그토록 잔인한 보고픔이
휩쓸고 지나간 자리엔
차거운 서릿발만
하얗게 내려앉았습니다

그토록 뜨거운 고통이
휩쓸고 지나간 자리엔
앙상한 허전함만
잿빛으로 쌓였습니다.

박덕은 作 [당신을 생각하며](파스텔화, 2014.2)

당신을 생각하며 · 2

사랑이 깊어질수록
나의 가슴속에서는
황홀한 향기로 가득 채워집니다

믿음이 커갈수록
나의 마음속에서는
당신이 무한히 크게 느껴집니다

함께하는 시간이 많아질수록
나의 몸속에서는
행복이 점점 높이 쌓여 갑니다

서로에 대한 관심이 높아질수록
나의 눈망울 속에서는
당신이 더욱더 아름답게 보입니다.

박덕은 作 [깊어지는 사랑](파스텔화, 2014.1)

기다림이 길어질수록
내 마음속에서는
눈물이 바다를 이룹니다

보고픔이 쌓여 갈수록
내 가슴속에서는
고통이 태산을 이룹니다

관심이 높아갈수록
내 눈앞에서는
걱정이 하늘을 가립니다

소중함이 무거워질수록
내 입안에서는
한숨이 땅을 꺼지게 합니다.

박덕은 作 [기다림](파스텔화, 2014.1)

어두운 미로를 거슬러 올라가
억겁의 시간 막을 치고
꺼질 듯 사라져 가는
당신의 미소 한줌을
애써 초연히 바라보고 있습니다

그토록 진한 당신의 향기가
머물다 간 자리엔 지금
하얀 서리만 가득 피어 있습니다

바라보는 것마다
모두 다 색이 바래고
만지는 것마다
모두 다 문드러졌습니다

겁에 질려 소리칠 때마다
볼을 타고 흘러내리는 눈물이
어느새 거대한 폭포를 이룹니다

더이상 부를 노래도

더이상 흐를 눈물도
더이상 나에게
아무것도 남아 있지 않습니다

그 옛날 당신이
추억의 꽃씨를 뿌리고 간 자리엔
하얀 꽃들이 만발하였을 뿐

어느덧 나는
향기 가득한
당신만의 정원 한복판에
우두커니 서 있습니다.

박덕은 作 [미소](파스텔화, 2014.1)

텅 빈 하늘 쳐다보며
하얀 구름 베개를 하고
홀로 누워 있습니다

지나가던 바람도
발밑에 잡아두고
흐르는 풀향기도
단단히 묶어 두었습니다

아무도 손이 닿지 않는 곳에
당신 얼굴 묻어두고
나만 몰래 바라보고 있습니다

별들이 떼 지어 출렁이며
쪽빛 밤하늘로 흘러갑니다

또아리 틀고 앉아 있던
추억도 촐랑대며
따라 흘러갑니다

무거운 침묵만이
지금도 사방에 저리
시커멓게 내려앉고 있습니다.

박덕은 作 [침묵](파스텔화, 2014.1)

오늘도
추억들을 몽땅 꺼내어
땡볕에 까맣게 구워 버렸습니다

그리고는
창틈으로 새어 들어오는
무심한 달빛에 줄줄이 걸어 두고

가슴속 그리움 꺼내어
흐르는 별빛에 깨끗이 씻었습니다

새벽엔
창문을 요란스럽게 스쳐가는 바람에
모두 실어 날려 보냈습니다

언젠가 당신이 돌아오는 날
내게 남아 있는 것은
하얗게 색 바래 시든 꽃 한 송이뿐이겠지요.

박덕은 作 [스쳐가는 바람](파스텔화, 2014.1)

설레임이 처음 잉태되던 날
수줍음은 마음을 옭아매고
손끝에서 전해지는 전율은
하늘을 불태워 버렸습니다

콧노래는
사방에 시들지 않는 꽃나무를 심고
미소는
향기를 여기저기 뿌려대고 있었습니다

이제
당신이 떠난 자리엔
잡초만 무성합니다

시간 위에 서 있는
허기진 바람만 붙잡으려
하루 종일 허우적거립니다.

박덕은 作 [잉태되던 날](파스텔화, 2014.1)

당신을 생각하면 · 1

항상 햇볕 따스이 스며드는
꽃향기 넘실대는
아름다운 정원
그 한복판에
앉아 있는 것 같습니다

즐겁고 흥거운 노랫가락이
온몸을 감싸고 도는
편안한 안락의자
그 위에
누워 있는 것 같습니다

온통 세상이
달콤한 과일로 넘쳐나는
풍요로운 가을 들녘
그 한가운데
서 있는 것 같습니다

우박이 쏟아지는 추운 겨울
바람 한 점 스며들지 않는

포근한 하얀 솜털

그 속에

엎드려 있는 것 같습니다.

박덕은 作 [당신을 생각하면](파스텔화, 2014.1)

매일매일 거친 들판을
멈추지 않고
끊임없이 뛰어다니는
검은 야생마가 생각나요

매일매일 하늘과 땅을
쏜살같이 날아다니며
웃음보따리 가져다 주는
요술쟁이 손오공이 생각나요

매일매일 넓은 평원에서
용감하게 사냥하여
새끼들 먹여 살리는
듬직한 사자들이 생각나요

매일매일 작은 경기장 안에서
오직 살아남기 위해서
죽음과 혈투 벌이는
로마시대 검투사가 생각나요.

박덕은 作 [매일매일](파스텔화, 2014.1)

당신을 생각하면
뭐든지 다 알고 있고
뭐든지 혼자서도 다 할 수 있는
그런 마법사인 줄로만 여겼던
그 시절이
정말 가슴이 아픕니다

당신을 생각하면
잠도 필요 없고
절대 화낼 줄도 모르고
항상 웃어만 주는
그런 천사인 줄로만 알았던
그 시절이
정말 한심스럽습니다

당신을 생각하면
아무것도 먹고 싶지 않는
이슬을 먹고 사는
그런 요정인 줄로만 알았던
그 시절이

정말 슬프기만 합니다.

박덕은 作 [그 시절](파스텔화, 2014.1)

당신을 생각하면 · 4

나를 위해 애쓰며
힘들게 일하던 그 모습 생각 나
괜시리
마음 아파옵니다

항상 이해해 주며
따뜻이 감싸 주던 그 마음 생각 나
괜시리
온몸이 포근해집니다

귀엽게 재롱부리며
애교 떨던 그때 생각 나
괜시리
미소가 퍼져 갑니다

언젠가 우리가 서로
이별해야 할 그날 생각 나
괜시리
눈물이 흘러내립니다.

박덕은 作 [언젠가](파스텔화, 2014.1)

되고파 · 1

나는
당신의 가슴으로 스며드는
한줌 향기가 되고파
봄날 뜨락에 흐드러지게 핀
하이얀 목련꽃 위에
나의 온몸을 실었습니다

나는
당신의 마음으로 녹아드는
한 줄기 빗물이 되고파
여름 밤하늘 시커멓게 덮인
커다란 먹구름 위에
나의 온몸을 실었습니다

나는
당신의 발걸음을 감싸 버리는
한 무더기 낙엽이 되고파
가을 정원 산책길 위
어여쁜 단풍잎 위에
나의 온몸을 실었습니다

나는
당신의 영혼을 덮어 버리는
한 더미 하얀 꿈이 되고파
겨울밤 소리 없이 내리는
솜털 같은 함박눈 위에
나의 온몸을 실었습니다.

박덕은 作 [되고파](파스텔화, 2014.1)

되고파 · 2

나는
당신의 아픈 기억을 씻어 주는
한 무더기의 향기가 되고파
봄날 흐드러지게 핀
아름다운 벚꽃더미 속에
나의 온몸을 묻었습니다

나는
당신의 젖은 눈가를 말려 주는
한줌의 햇살이 되고파
여름날 뜨겁게 내리쬐는
눈부신 땡볕 속에
나의 온몸을 묻었습니다

나는
당신의 허전한 가슴을 달래줄
한 폭의 수채화가 되고파
가을 산자락을 붉게 물들인
어여쁜 단풍 속에
나의 온몸을 묻었습니다

나는
당신의 마음을 환하게 밝혀 주는
한 개의 촛불이 되고파
아주 작고 눈물겨운
빨간 추억 속에
나의 온몸을 묻었습니다.

박덕은 作 [아픈 기억](파스텔화, 2014.1)

되고파 · 3

나는
당신이 너무 좋아하는
봄철 백합꽃이 되고파
은은한 향기가 되어
하얀 꽃이파리 속에
나의 온몸을 숨겼습니다

나는
당신이 자주 찾아가는
여름철 바다가 되고파
하얀 파도가 되어
드넓은 대양 저 멀리
나의 온몸을 숨겼습니다

나는
당신이 자주 올라가는
가을철 산이 되고파
시원한 산들바람이 되어
짙푸른 숲속에
나의 온몸을 숨겼습니다

■ 유리인형

나는
당신이 가끔씩 바라보는
겨울밤 별이 되고파
지난밤 꿈속을 너울대는
은하수 같은 물결 속에
나의 온몸을 숨겼습니다.

박덕은 作 [저 멀리](파스텔화, 2014.1)

되고파 · 4

나는
당신의 시력 나쁜 눈을
잘 보이게 해주는
안경이 되고파
당신이 항상 끼고 다니는
검정 넓두리 그 속에
몰래 숨어 있습니다

나는
당신의 예쁜 얼굴을
매일 매일 쳐다보는
손거울이 되고파
당신이 항상 가지고 다니는
빨간 손가방 추억 그 속에
몰래 숨어 있습니다

나는
당신의 차디찬 몸을
따뜻하게 감싸 주는
털옷이 되고파

당신이 항상 입고 다니는
까만 밍크 꿈 그 속에
몰래 숨어 있습니다

나는
당신의 작고 귀여운 발을
안전하게 보호해 주는
신발이 되고파
당신이 항상 신고 다니는
하얀 그리움 그 속에
몰래 숨어 있습니다.

박덕은 作 [따뜻하게](파스텔화, 2014.1)

언제나 · 1

오실 땐
아무런 주저 없이 오세요
그냥
얼굴이나 한 번
바라만 봐도 좋으니까

가실 때도
아무런 부담 없이 가세요
언젠가
다시 또
만난다고 생각하면 되니까

문득 떠오르면
전화 한 통 주세요
아주 짧게
한마디 안부라도 좋으니까

어느 날 갑자기
보고 싶어지면
망설임 없이 달려오세요

낮이고 밤이고
당신만을 기다리고 있을 테니까.

박덕은 作 [언제나](파스텔화, 2014.1)

나에게
하고픈 말이 있으면
주저 없이 말하세요
머릿속에 버려두다
영원히
놓쳐 버릴 수가 있으니까요

나에게
사랑한다고 말하고 싶으면
기다리지 말고 말하세요
추억 속에 쌓아 두다
영원히
묻어 버릴 수가 있으니까요

나에게
섭섭한 것이 있으면
숨기지 말고 말하세요
가슴속에 담아 놓다
영원히
썩어 버릴 수가 있으니까요

나에게
미안한 것이 있으면
감춰 두지 말고 말하세요
마음속에 숨겨 놓다
영원히
잃어버릴 수가 있으니까요.

박덕은 作 [하고픈 말](파스텔화, 2014.1)

언제나 · 3

당신은
원래 마음이 착해서
나에게 늘
베풀기만 하고
희생만 하며
이제껏 살아왔어요

살면 얼마나 산다고
무엇이든 너무 아끼고
너무 가혹하고
너무 고달프게
살아왔어요

이제 뒤도 좀 돌아보고
하늘도 가끔 쳐다보고
숨도 좀 크게 쉬어 보고
여유롭게 좀 사세요

지금부터라도
하고픈 게 있으면

내 눈치 보지 말고
마음 편한 대로
실컷 즐기며 사세요.

박덕은 作 [지금부터라도](파스텔화, 2014.1)

언제나 · 4

그 많은 세월 동안
변함없이
내 곁을 지켜준 당신에게
온 진실 모아
고마움을 바칩니다

그 많은 시름과 고통 속에서
묵묵히
비바람 견뎌준 당신에게
온 정성 모아
존경을 바칩니다

쓸쓸함의 긴 터널 속에서
쓰러지지 않고 용감히
행복을 가꿔온 당신에게
온 마음 모아
감사를 바칩니다

그 캄캄한 어둠 속에서
희망의 끈 놓지 않고

모진 광풍 견뎌준 당신에게
온 진심 모아
사랑을 바칩니다.

박덕은 作 [변함없이](파스텔화, 2014.1)

오세요 · 1

다음 세상에서는
온갖 시름 다 내려놓고
보름달처럼
환히 웃는 얼굴로
내게 오세요

다음 세상에서는
온갖 미움 다 씻어 버리고
천사처럼
가슴 벅찬 사랑으로
내게 오세요

다음 세상에서는
온갖 가면 다 벗어 버리고
갓난아기처럼
천진난만한 모습으로
내게 오세요

다음 세상에서는
온갖 욕심 다 털어 버리고

백합처럼
깨끗한 마음으로
내게 오세요.

박덕은 作 [오세요](파스텔화, 2014.1)

오세요 · 2

나에게 올 땐
그냥 깃털처럼
가벼운 마음으로
오세요

바위처럼
무거운 마음으로는
절대 오지 마세요

돌섬 구석진 곳에 핀
함초롬한 들국화처럼
오세요

항상 꾸밈없이 순수하게
당신만의 향기로
오세요.

박덕은 作 [꾸밈없이](파스텔화, 2014.1)

사랑 느낌 · 5

당신을 처음 만났을 때
침묵의 바다에서
일렁이는 키 작은 물결을
강렬히 느꼈습니다

당신을 두 번째 만났을 때
고요의 호수에서
울려 퍼지는 빗방울 소리를
똑똑히 들었습니다

당신을 세 번째 만났을 때
환희의 세상에서
솟구쳐 오르는 향기를
은은히 맡았습니다

당신을 네 번째 만났을 때
검붉은 혈관 속에서
터져 나오는 인연의 물줄기를
생생하게 보았습니다.

박덕은 作 [사랑 느낌](파스텔화, 2014.1)

사랑 느낌 · 6

당신은
그 어떤 순간에도
귀엽게만 보입니다

화나 있어도
울고 있어도
토라져 있어도.

박덕은 作 [그 어떤 순간에도](파스텔화, 2014.1)

사랑 느낌 · 7

지금
내 가슴속에는
꽃향기가 너울너울
물결쳐 흐르고 있습니다

구름 속에 누워 있는 듯
마음속을 요리조리
더듬어 보고 있습니다

어느덧 온몸은
달콤한 느낌으로 스멀스멀
덮여 가고 있습니다

마법에 걸린 듯
당신의 눈망울 속으로 소르르
빨려 들어가고 있습니다

금방이라도 터져 버릴 것 같은
황홀함을 도저히
더이상 눌러 둘 수가 없습니다.

박덕은 作 [너울너울](파스텔화, 2014.1)

사랑 느낌 · 8

당신을 만나고
돌아서면
금방 또
보고 싶어져요

당신과 헤어지고 나면
금방 또
그 다정한 목소리가
듣고 싶어져요

당신을 만나 수다떨고 나면
왜 그리
시간이 금방 지나가는지
너무 아쉽기만 해요

당신과 함께 있으면
항상
온 세상이 다
무지갯빛으로만 보여요

부러울 것도
부족한 것도
더이상 없는

오로지
감미로운 사랑의 향기만이
나를 감싸고 있을 뿐이에요.

박덕은 作 [돌아서면](파스텔화, 2014.1)

사랑 느낌 · 9

그대 걸어오는 모습은
너무나 우아합니다
하늘에서 천사가 사뿐히 내려와
나를 향해 걸어오는 것 같습니다

그대 앉아 있는 모습도
너무나 예쁩니다
한 마리 하얀 나비가 꽃 위에 앉아
날개를 나풀거리는 것 같습니다

그대 웃는 모습도
너무나 아름답습니다
아침에 이슬 머금은 장미꽃이
꽃망울을 화르르 터뜨리는 것 같습니다

그대 잠자고 있는 모습도
너무나 귀엽습니다
한 마리 새끼새가
쌔근쌔근 잠을 자고 있는 것 같습니다.

박덕은 作 [우아하게](파스텔화, 2014.1)

나를 향해 우아하게 걸어오는
그대 모습 바라보고 있노라면
세상의 모든 향기가
당신의 발걸음 따라 몽땅 다
내게 불어오는 것 같습니다

사랑하는 눈빛으로 바라보는
그대 모습 바라보고 있노라면
세상의 모든 행복이
당신의 눈길 따라 몽땅 다
내게 전해져 오는 것 같습니다

늘 예쁘게 웃어 주는
그대 모습 바라보고 있노라면
세상의 모든 기쁨이
그대의 웃음소리 따라 몽땅 다
내게 쏟아지는 것 같습니다

항상 따뜻이 대해 주는
그대 모습 바라보고 있노라면

세상의 모든 사랑이
그대의 고운 마음 따라 몽땅 다
내게 녹아드는 것 같습니다.

박덕은 作 [눈길 따라](파스텔화, 2014.1)

걱정 말아요 · 2

사랑하는 그대여
걱정 말아요
이 세상의 근심덩어리
당신에게 얼씬 못하도록
내가 다 바람에 날려 버릴게요

사랑하는 그대여
걱정 말아요
이 세상의 슬픔덩어리
당신에게 달라붙지 못하도록
내가 다 사랑으로 씻어 드릴게요

사랑하는 그대여
걱정 말아요
이 세상의 외로움덩어리
당신에게 내려앉지 못하도록
내가 다 꽃향기로 쓸어 버릴게요

사랑하는 그대여
걱정 말아요

이 세상의 무서움덩어리
당신에게 다가가지 못하도록
내가 다 온몸으로 막아 드릴게요.

박덕은 作 [걱정 말아요](파스텔화, 2014.1)

아름답습니다 · 3

귀엽고 이쁜 아들딸 낳아
정성껏 키우고
사랑으로 열심히 가르치는
당신의 그런 모습이
너무나 아름답습니다

허황된 욕심 부리지 않고
부지런히 일하고
항상 절약하며 살아가는
당신의 그런 모습이
너무나 아름답습니다

편안함은 내팽개친 채
오직 가정만을 위해서
봉사하며 헌신하는
당신의 그런 모습이
너무나 아름답습니다

속상한 일이 있어도
내색 한 번 하지 않고

늘 미소로 대해주는
당신의 그런 모습이
너무나 아름답습니다.

박덕은 作 [아름다움](파스텔화, 2014.1)

아름답습니다 · 4

바람 세찬 들판에서
농사짓는 농부처럼
항상 묵묵히 일하는
당신의 그 모습이
너무나 아름답습니다

서슬 퍼런 삶터에서
가족의 행복을 위하여
묵묵히 고난을 견뎌내는
당신의 그 모습이
너무나 아름답습니다

아무리 힘들고 슬퍼도
집에 오면 언제나
따뜻한 웃음 잃지 않는
당신의 그 모습이
너무나 아름답습니다

가정을 위해서라면
온전히 온몸 던져

굳은일 도맡아 하는
당신의 그 모습이
너무나 아름답습니다.

박덕은 作 [들판에서](파스텔화, 2014.1)

그리울 땐 · 1

바람에 우수수 떨어지는
하얀 벚꽃 아래로
아지랑이 몰고 오소서

미친 듯 휘몰아치는
거대한 폭풍우 타고
우렁차게 걸어오소서

길게 산자락 물들인
오색 단풍잎 따라
우아하게 달려오소서.

박덕은 作 [그리울 땐](파스텔화, 2014.2)

그리울 땐 · 2

그냥
밤하늘을 쳐다봐요

구름 속에 가려진
하얀 추억 찾아서

고개 숙여
발아래를 내려다봐요

무심코
당신 얼굴이 떠올라서

물안개 자욱하게 머금은
달빛을 만져요

가슴에 피어나는
그리움이 가련해서.

박덕은 作 [그냥](파스텔화, 2014.1)

그리울 땐 · 3

그리울 땐
눈물에 젖은 잿빛 구름 밑에서
그냥 조용히
눈을 감아요

아니,
가슴속 허전함을
시샘하는 분홍빛 꽃바람에 실어
날려 보내요

그래도 그리울 땐
창문 밑에 수북이 쌓인 시간들을
달빛 그늘에 널어놓고
하나둘 헤아리며
하얗게 밤을 지새요.

박덕은 作 [꽃바람](파스텔화, 2014.2)

아시나요 · 8

당신의 얼굴에
미소가 하얗게 피어오르면
내 가슴엔
어느새 보랏빛 향기가
구름처럼 넘실댄다는 것을

당신의 눈빛에
진한 사랑이 뿜어 나오면
내 마음엔
어느새 감동의 빗물이
와르르 쏟아져 내린다는 것을

당신의 꿈에서
웃음소리가 터져 나오면
내 영혼엔
어느새 행복의 종소리가
밝게 울려 퍼진다는 것을.

박덕은 作 [아시나요](파스텔화, 2014.2)

아시나요 · 9

별빛 같은 그대의 눈망울에
눈물이 가득 차오르면
나의 하이얀 마음엔
핏멍울이 굴러다닌다는 것을

은은한 그대의 아름다움이
늪에서 허우적거릴 때
나의 철벽 같은 가슴벽이 와르르
무너져 내린다는 것을

예쁜 그대의 미소 뒤에
근심 그림자가 너울대면
이리떼 같은 가시들이
나의 온몸을 마구 찔러댄다는 것을.

박덕은 作 [그대의 눈망울](파스텔화, 2014.2)

당신뿐 · 1

거미줄에 갇힌 가엾은 나비처럼
마음을 꽁꽁 묶어 버린 이는
바로 당신뿐

방바닥에 구들장을 빼 버린 것처럼
마음을 쏙 빼간 이는
바로 당신뿐

생선 훔쳐간 도둑고양이처럼
마음을 몽땅 훔쳐간 이는
바로 당신뿐

긴긴 겨울잠 자는 마음을
용광로처럼 펄펄 끓게 하는 이는
바로 당신뿐

겨울밭처럼 꽁꽁 얼어버린 마음을
봄날로 만들어 버리는 이는
오직 당신뿐.

박덕은 作 [당신뿐](파스텔화, 2014.2)

당신뿐 · 2

나에게 뜨거운 돌멩이 던져
가슴에 피멍 들게 한 이는
바로 당신뿐

회색빛 안개 속에 나타나
가슴을 여울지게 하는 이는
바로 당신뿐

내 보랏빛 정원에
물 뿌려 꽃피게 한 이는
바로 당신뿐

잠시라도 떨어져 있으면
애간장 닳게 하는 이는
바로 당신뿐.

박덕은 作 [여울지게](파스텔화, 2014.2)

이별 뒤 · 1

사방이
얼음이다

강물도 구름도
바람도 달빛도
얼음이 되어 버렸다

마음의 창문도
얼음이다

가는 곳마다
고드름이 솟구치고
사람들의 비웃음조차
하얀 서리가 되어 떨어진다.

유리인형

박덕은 作 [이별 뒤](파스텔화, 2014.2)

이별 뒤 · 2

스산한 마음이 고개 떨군 채
소리 없이
가슴 한구석에 내려앉아 있다

냉기 머금은 바람이
서릿발처럼
온몸을 짓밟아도

어둠 속에 웅크리고 앉아
조용히
자기 그림자를 읽고 있다

보이지 않는
두려움이
휘몰려 와도

아직도 끈 쥐고 있는 기다림은
얼음 바위 밑에서
숨을 할딱이고 있다.

박덕은 作 [조용히](파스텔화, 2014.2)

이별 뒤 · 3

발밑에 나뒹구는 기진함까지
하염없이 바구니에 주워 담으며

기다리고
기다리고

긴긴밤 불이 꺾일 때까지
미안함 가득 깔고 앉아

기다리고
기다리고

가눌 수 없을 만큼 흐트러진 고뇌
깊게 패일 때까지

기다리고
기다리고

퇴색한 추억
산자락에 고이 묻어 놓고

기다리고
기다리고.

박덕은 作 [기다리고](파스텔화, 2014.2)

몰랐어요 · 1

약속 시간에 너무 늦게 도착했을 때
손이 너무 차다며
두 손 감싸주던 그 따스한 손길이
사랑인 줄
그땐 미처 몰랐어요

바라볼 때마다
온 얼굴에 잔잔히 퍼져 나갔던
말없는 그 하얀 미소가
사랑인 줄
그땐 미처 몰랐어요

길 걷다 넘어졌을 때
손을 잡아 일으켜 주며
걱정해 주던 그 놀란 표정이
사랑인 줄
그땐 미처 몰랐어요

속상한 일이 있을 때마다
용기 잃으면 병이 찾아온다며

어깨 두드려 주던 그 고운 목소리가

사랑인 줄

그땐 미처 몰랐어요.

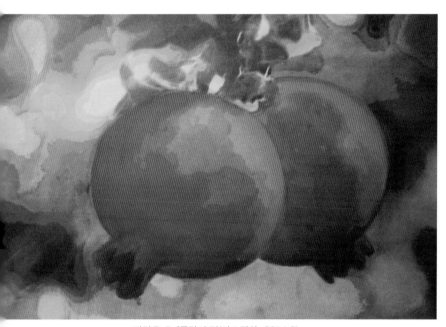

박덕은 作 [몰랐어요](파스텔화, 2014.2)

몰랐어요 · 2

매번 출장 갈 때마다
먼발치서 걱정스레 바라보던
거미줄처럼 끈적끈적하던 그 눈길이
사랑인 줄
그땐 미처 몰랐어요

게으르면 몸이 고달프고 머릿속이 쉰다며
여름밤 모기처럼
끊임없이 연신 귀를 쪼아대던 그 잔소리가
사랑인 줄
그땐 미처 몰랐어요

병이 나 몸져누워 있을 때
밤새 머리를 만져 주며
선인장 가시처럼
맘을 찔러대던 그 까칠한 손길이
사랑인 줄
그땐 미처 몰랐어요.

박덕은 作 [그 눈길](파스텔화, 2014.2)

사랑 · 8

당신은 항상
광활한 밤하늘이 되어 버린
내 작은 머릿속에서
별처럼 반짝거리고 있어요

가끔씩
윙크도 해주고
해맑게 웃어 주기도 하고
재밌는 이야기도 들려주곤 하지요

때론 심술도 부려요
비 오는 날 구름 뒤에 숨어
몇날 며칠을 나오지 않고
나를 애태우기도 하지요

당신은 타고난 잠꾸러기예요
심심한 나를 홀로 남겨두고
이른 새벽부터 해가 질 때까지
진종일 잠만 자기도 하지요

그래도 좋아요
당신은 항상
나에게 빛나는 태양이니까요
나에게 영원한 달콤함이니까요.

박덕은 作 [사랑](파스텔화, 2014.2)

사랑 · 9

며칠 밤을 꼬박 새워
당신 생각만 했어

그냥 하얀 종이 위에
먹물 한 방울 두 방울 떨어뜨리면서
투명하게 당신 얼굴을 그리고 있었어

가끔
온몸에 소름이 돋곤 했지

그거 알아?
밑도 끝도 보이지 않는
시간 속에 갇혀
상상의 공간을 바라보는
그 절묘하고 비릿한 느낌

그걸 증오하면서도
한편으론
그걸 즐기고 있었는지도 몰라

얽히고설킨 모순의 실타래처럼
우린 자신도 모르게
거기에 갇혀 버리고 말았는지 몰라.

박덕은 作 [당신 생각만](파스텔화, 2014.2)

사랑 · 10

참 묘한 거야
금방 햇볕이 쨍쨍 내리쬐다가도
갑자기 천둥소리에
모든 게 다
와르르 쏟아져 버려

또 금방
비가 그치는가 싶더니
갑자기 찬바람이 불고
낙엽이 땅에 딩굴어
모든 게 다
스산해져 버려

평상시엔 참으로
볼품이 없다가도
갑자기 무지개처럼
모든 게 다
아름답게 바뀌어 버려

때로는

살아서도 산 것 같지 않고
살아 있어도 죽은 것처럼
모든 게 다
검고 칙칙하고 슬프게 짓눌려 버려

죽어도 행복할 것 같고
살아서는 더욱 행복할 것 같이
모든 게 다
행복하게만 느껴지도록 만들어 버려.

박덕은 作 [무지개처럼](파스텔화, 2014.2)

사랑 · 11

보고플 때마다
주체할 수 없이 쏟아지는
빛방울

생각할 때마다
등줄기에서 맥없이 터져 나오는
한숨

그리울 때마다
심장 속에서 끓어오르는
애달픔

기억할 때마다
팔다리 속으로 파고드는
애잔함

떠올릴 때마다
의식 한켠에 피어오르는
쓸쓸함

스쳐갈 때마다
가슴 깊은 곳에 자리잡고 있는
후회

뒤돌아볼 때마다
온몸을 무겁게 짓누르는
미안함.

박덕은 作 [그리울 때마다](파스텔화, 2014.2)

유리인형

당신은
스스로
말할 줄 모릅니다

그냥 언제나
하얀 가슴에서 흘러나오는
느낌으로만 전하고

그냥 언제나
맑은 눈빛으로만
이야기합니다.

박덕은 作 [느낌으로만](파스텔화, 2014.2)

보고픔

시뻘겋게 타올라
재가 될 때까지
쉬지 않고 촐랑대는
장난꾸러기

밤이슬 풀잎에 다 꿰일 때까지
끼리끼리 모여 자고 있는
추억들을 흔들어 깨워
같이 놀아 달라 보채다가

하얀 물거품을 뿜어대며
조용히 바람소리 듣고 있는
작은 침묵들을 간지럽히며
짓궂게 놀려대다가

그래도 직성이 안 풀리는지
혼자 사색하고 있는
커다란 가슴앓이에게
높이 뛰어올라 찬물을 뿜어댄다.

박덕은 作 [보고픔](파스텔화, 2014.2)

첫 데이트

봄날 새싹 돋듯
우리의 연분홍 설렘이
이 땅에 맨 처음 고개 내밀던 곳

껴안기는 수줍음으로
우리의 사랑 다독여
달그림자에 곱게 수놓던 곳

떨리는 가슴 쥐어짜
우리의 발밑에 흩뿌려 놓고
애틋함을 고이 묻어 놓던 곳

억제할 수 없는 열정의 향기
우리의 가슴 뒤덮은 채
물안개처럼 사방에 피어오르던 곳.

박덕은 作 [첫 데이트](파스텔화, 2014.2)

나의 고백

하얀 성애가 가득 서린
차가운 밤 겨울 유리창에서

살았으면서도
죽어 있는

죽었으면서도
살아 있는

가슴 저리게 느끼고
또 그것을 벗어나 보려고
발버둥치는

당신은 내게
늘 차디찬 바람.

박덕은 作 [고백](파스텔화, 2014.2)

진정 내가 바라는 건

형식적이고 의미 없는
역거운 화법 따윈
제발 내게 사용하지 마

아주 순수하고 솔직한
쌀죽처럼 고소하고
죽순처럼 담백한 그런 속엣말을
나에게 선물해 주었으면 해

거추장스런 가면도
훌훌 벗어 던져 버려
실오라기 하나 걸치지 않은
그런 솔직함으로
항상 내 앞에 서 주었으면 해

더이상도
그 이하도 아니야
몸은 둘이지만
마음만은 영원히 하나이고 싶을 뿐이야.

박덕은 作 [속엣말](파스텔화, 2014.2)

외로움에게

이젠 떠날래요
조용히 떠날래요
아무 미련 없이 떠날래요

그림자들을
전혀 찾아볼 수 없는
그곳으로
이젠 떠날래요
조용히 떠날래요
아무 미련 없이 떠날래요

병든 몸뚱이도
욕망의 덫도
모두 다 던져 버리고
바람만 있는 그곳으로
이젠 떠날래요
조용히 떠날래요
아무 미련 없이 떠날래요

무거운 마음도

얽히고설킨 고통도
모두 다 훌훌 털어 버리고
흙내음만 있는 그곳으로
이젠 떠날래요
조용히 떠날래요
아무 미련 없이 떠날래요

사랑의 슬픔을
전혀 느낄 수 없는
평화로움만 존재하는 그곳으로
이젠 떠날래요
조용히 떠날래요
아무 미련 없이 떠날래요.

박덕은 作 [외로움에게](파스텔화, 2014.2)

이별이여

그래요
당신이 원하시면
언제든 내키는 대로 하세요

몸속의 마음을
하나도 남김없이 모두 빨아먹고
그리고 모자라면
몸속의 살점들을
송두리채 몽땅 다 파먹고
그래도 모자라면
머릿속까지 갉아먹고
언제나 그렇게 원하는 대로 하세요

어차피
언젠가는 죽을 목숨인데
뭐가 그리 두렵고 아쉽겠소
살아 팔팔할 때
하고 싶은 대로 하세요

밟고 싶으면 밟고

차고 싶으면 차고
버리고 싶으면 버리고
던지고 싶으면 던지세요

그래도 아쉽거든
다시 달려와
남아있는 흔적이라도
실컷 지우고
속이 후련해질 때까지 두들겨 패세요.

박덕은 作 [이별이여](파스텔화, 2014.2)

이별 직후

팔을 뻗어
무언가를 잡아 보려 하나
아무것도 손에 잡히지 않아
아무것도 느껴지지 않아

빛이라곤 없는
전혀 앞이 보이지 않는
암흑 속에서
아무것도 눈에 들어오는 게 없어
그냥 모든 게 구별 되지 않아

아무것도 생각할 수 없고
아무것도 느낄 수가 없어
머릿속까지 가슴속까지도
밀려오는 거대한 파도에
온통 파묻혀 버린 것 같아

빛도 느낄 수 없고
미움도 존재하지 않는
그냥 아무 색깔 없는

그런 세계뿐

회색빛 혼돈 속에서
이유 없이
마구 부서져 내리는
그런 한숨뿐.

박덕은 作 [이별 직후](파스텔화, 2014.2)

짝사랑 · 1

도대체 잠이 오지 않아
자려고 하면 할수록
갈고리 같은 침묵이
온몸을 사정없이
더욱더 집요하게 긁어대고 있어

뒤척이면 뒤척일수록
기나긴 아림의 끄나풀이
잠시도 쉬지 않고
더욱더 거칠게 목을 조여오고 있어

매듭을
빨리 풀어버리고 싶지만
도대체 어디에 있는지
어느 곳에서도
전혀 보이지가 않아
시간은 폭포수처럼 떨어지지만
기억은 점점 더 희미해져 가고 있어

정말 숨이 막힐 것 같아

심장은 더욱 더 약해지고 있어
천장도 없고
바닥도 없는 곳에서
그냥 공중에 완전히
쓸쓸히 혼자 떠 있어

고독의 굴레에서
빨리 벗어나고 싶은데
몸이 마음대로 움직여지지 않아
고통의 늪에서
끊임없이 허우적대고 있어.

박덕은 作 [짝사랑](파스텔화, 2014.2)

짝사랑 · 2

그 사람이 좋다
그냥
이유 없이
그 사람이 좋다

그 사람이 좋다
그냥
멀리서 바라만 봐도
그 사람이 좋다

그 사람이 좋다
그냥
우연히 눈빛만 마주쳐도
그 사람이 좋다

그 사람이 좋다
그냥
멀리서 목소리만 들어도
그 사람이 좋다

그 사람이 좋다
그냥
같은 세상에서
함께 숨을 쉬고 있어
그 사람이 좋다.

박덕은 作 [바라만 봐도](파스텔화, 2014.3)

그리움 · 3

나의 눈 속에
항상 가득 고여 있는
쓸쓸한 눈물덩어리

나의 가슴속에
항상 자리잡고 떠 있는
불타는 불덩어리

나의 머릿속에
항상 가득 채워져 있는
결 고운 추억덩어리

나의 마음속에
항상 똘똘 뭉쳐져 있는
향긋한 사랑덩어리

나의 온몸에
항상 흠뻑 젖어 있는
달콤한 행복덩어리.

박덕은 作 [그리움](파스텔화, 2014.2)

그리움 · 4

취한 듯
가슴속 깊은 곳으로
와르르 밀려 들어온다

너울대는 수평선 너머에서
거센 설레임 되어
우르르 달려 들어온다

아쉬운 듯 부서지며
깊은 쓸쓸함의 바위 밑으로
스르르 사라져 간다

측은한 손길 뿌리치고
불타는 노을 속으로
사르르 스러져 간다.

박덕은 作 [거센 설레임](파스텔화, 2014.2)

사랑아

너만 잘 자라준다면
나는 정말
나의 심장을 다 내 주어도
하나도 아깝지 않다

너만 항상 건강하다면
나는 정말
나의 온몸을 다 뜯기어도
하나도 아프지 않다

너만 언제나 행복하다면
나는 정말
나의 온 마음을 다 꺼내 주어도
하나도 후회하지 않는다

너만 영원히 안전하다면
나는 정말
나의 온 뼈마디가 다 부서져도
하나도 슬프지 않다.

박덕은 作 [사랑아](파스텔화, 2014.2)

나의 사랑은

매서운 칼바람이 불어대도
거센 눈보라가 몰아쳐도
긴긴 겨울 버텨내는 소나무처럼
얼어 죽지 않고 살아나네요

사방천지가 뒤틀려 요동쳐도
사나운 태풍이 할퀴어도
하늘 닿게 솟은 태산처럼
그저 묵묵히 미소만 흘릴 뿐이네요

제 아무리 땡볕이 내리쬐도
제 아무리 가뭄이 징징대도
깊은 숲속 옹달샘처럼
솟아 흘러 마르지 않네요

그 아무리 슬픔이 밀려와도
그 아무리 외로움 속에 갇혀 살아도
거대한 바위처럼
흔들리지 않고 꿋꿋이 견뎌내네요

천년 세월이 지나도
억겁의 나이를 먹어도
더욱 단단해져 영롱한 다이아몬드처럼
절대 닳지 않고 버텨내네요.

박덕은 作 [나의 사랑은](파스텔화, 2014.2)

사랑의 느낌

그대 손을 잡고 길을 나서면
온 세상이
아름다운 환희의 물결로
출렁출렁 넘실거려요

그대와 함께 걷노라면
모든 산책길이
향기로운 빨간 카페트로
스르르 뒤덮어 버려요

그대 무릎에 누워
밤하늘 보고 있노라면
무지갯빛 행복 부스러기들이
와르르 쏟아져 내려요

풀벌레 소리 듣고 있노라면
그대 눈빛 속에 담겨 있는
다정함이 달빛 따라
우수수 떨어져 내려요

그대 어린 입술에
핑크빛 입맞춤이라도 할라치면
온몸이
달콤함의 항아리에
사르르 잠겨 버려요.

박덕은 作 [사랑 느낌](파스텔화, 2014.2)

그리움 속에는

부드러운 초록빛 잔디가
무럭무럭 자라나요

사랑이 그 위에서
즐겁게 뛰어놀아요

여기저기 아롱다롱
아름다운 꽃들이 만발해요

보고픔이 그 속에서
행복하게 숨쉬고 있어요

울긋불긋 오색단풍이
사방으로 넘실거려요

추억이 그 곁에서
아름답게 지내고 있어요

은빛 고운 연민들이
하늘 닿도록 쌓여 있어요

애틋함이 그 아래에서
향기롭게 잠들곤 해요.

박덕은 作 [그리움 속에는](파스텔화, 2014.3)

이별 · 3

뼛속 깊이 스며드는
저리고 저린 아픔
감싸 주고 얼려 줘도
끝나지 않아

마음속 시린 정
뇌리 속에 떠올리며
몸부림쳐 붙잡으려
한걸음에 뛰쳐나가

거리를 내달리며
허공을 쳐다봐도
귀에 들리지 않는
슬픈 노랫소리뿐

손에 가득 쥐어든
빨간 추억의 꽃가루
회한의 그림자 뒤에
흩뿌리며 돌아서네.

박덕은 作 [이별](파스텔화, 2014.3)

예전엔 미처 몰랐어요

헤어지고 나면
온몸을 짓누르는
말라비틀어진 까칠한 그리움이
태산보다 더 무겁다는 걸
예전엔 미처 몰랐어요

억겁의 시간이 흘러도
가슴에 남아 있는
그리움의 진한 흔적이
쉽사리 지워지지 않는다는 걸
예전엔 미처 몰랐어요

고독 긁어대는
까칠한 외로움이
쓸쓸함에 담금질 된
눈물가시보다 더 아프다는 걸
예전엔 미처 몰랐어요.

박덕은 作 [미처 몰랐어요](파스텔화, 2014.3)

고백

마음속 깊은 샘
끝없이 흘러넘치는
연분홍빛 수줍음

풀내음으로 끌어모아
꽃님에 소곤소곤
달님에 소곤소곤

꽃방아로 곱게 찧어
이슬 부어 빚은 뒤
달빛으로 꽁꽁 묶어

무지갯빛 햇살로
뜨겁게 구워 빚은
보랏빛 보석상자.

박덕은 作 [고백](파스텔화, 2014.3)

만남 · 2

서로를 기다리며
스며드는 그리움

서로를 생각하며
커져가는 사랑결

서로를 쳐다보며
주고받는 뜨거움

서로를 만져보며
느껴지는 고마움.

박덕은 作 [만남](파스텔화, 2014.3)

여전히

당신만을 기다릴게요
천년의 세월이
온몸을
다 짓뭉개 버린다 해도

당신만을 기다릴게요
가슴속 그리움이
티끌 하나 없이
다 녹아내린다 해도

당신만을 기다릴게요
가슴속 꿈이
한 개도 없이
다 날아가 버린다 해도

당신만을 기다릴게요
눈물 속 옹달샘이
단 한 방울도 없이
다 보타져 버린다 해도.

박덕은 作 [여전히](파스텔화, 2014.3)

몰랐다

술 먹지 말라 잔소리했다
그러나 그때는 미처 몰랐다
님이 나를
얼마나 안쓰러워했다는걸

담배 끊으라 애걸했다
그러나 그때는 미처 몰랐다
님이 나를
얼마나 걱정했다는걸

언제나 쉬면서 일하라 했다
그러나 그때는 미처 몰랐다
님이 나를
얼마나 안타까워했다는걸

매일 아침마다 운동하라 했다
그러나 그때는 미처 몰랐다
님이 나를
얼마나 사랑했다는걸.

박덕은 作 [몰랐다](파스텔화, 2014.3)

내가 지금

내가 지금
깊은 슬픔에 잠겨 있는 건
우리가 영원히 이별할 날이
그리 얼마
남아 있지 않기 때문

내가 지금
이렇듯 애가 타는 건
늙고 병들어 가는 당신에게
예전의 그 싱싱함을
되돌려 줄 수 없기 때문

내가 지금
진종일 답답해하고 있는 건
그동안 당신에게 남아 있는
그 많은 그늘진 기억들을
깨끗이 지워줄 수 없기 때문.

박덕은 作 [기억들](파스텔화, 2014.3)

시간이 지나면

꿈속에서조차 몸서리치면서도
고였던 아픔 다 흘러보내고
상큼한 마음으로
다시 바라본다

소나기 흠뻑 뒤집어쓰고도
애써 태연히 걷어내고
몸가짐 바로하고
다시 바라본다

겨울 아침 찬서리를
온몸에 뒤집어쓰고도
이내 다 털어내 버리고
화사함 가득 담은 마음으로
다시 바라본다

짐이란 짐을 혼자 다 짊어진 채
전혀 아무 일 없었다는 듯
극히 평온한 모습으로
보금자리 토닥이며

다시 바라본다.

박덕은 作 [시간이 지나면](파스텔화, 2014.3)

향수

까맣게 그을린 아우성들
긴 한숨에 실어
지평선 노을 너머로
띄워 보내고

끼룩끼룩
새들의 울음소리
회색 바람에 실어
잿빛 구름 위로 날려 보내고

재잘재잘
추억의 소리
소슬바람에 묶어
뒤뜰에 가둬 두고

가늘게 가슴에 스며든
개 짖는 소리
방안 화롯불 속에
소담히 묻어 놓네.

박덕은 作 [향수](파스텔화, 2014.3)

당신만 행복하다면
박봉은 제1시집

아시나요
박봉은 제2시집

당신에게.하나
박봉은 제3시집

비밀 일기
박봉은 제4시집

유리인형
박봉은 제5시집

한실 문예창작 문우들의 작품집

오늘의 詩選集 Series

오늘의 詩選集 제1권

화장을 지우며
강만순 지음 / 144면

오늘의 詩選集 제2권

또 한 번 스무 살이 되고 싶은 밤
김숙희 지음 / 160면

오늘의 詩選集 제3권

사랑의 빈자리 될까 봐
박완규 지음 / 144면

오늘의 詩選集 제4권

유모차 탄 강아지
김미경 지음 / 112면

오늘의 詩選集 제5권

이 환장할 봄날에
신점식 지음 / 176면

오늘의 詩選集 제6권

작아지고 싶다
주경희 지음 / 176면

오늘의 詩選集 제7권

가을은 어디나 빈자리가 없다
전금희 지음 / 176면

오늘의 詩選集 제8권

쓸쓸함에 대하여
이후남 지음 / 176면

오늘의 詩選集 제9권

바람이 열어 놓은 꽃잎

문재규 지음 / 220면

오늘의 詩選集 제10권

단 한 번 사랑으로도

이호근 지음 / 176면

오늘의 詩選集 제11권

할 말은 가득해도

최승벽 지음 / 176면

오늘의 詩選集 제12권

비밀 일기

박봉은 지음 / 176면

오늘의 詩選集 제13권

꽃만 봐도 서러운 그날

한실 문예창작 동인지 제8집

오늘의 詩選集 제14권

마냥 좋기만 한 그대

최기숙 지음 / 176면

오늘의 詩選集 제15권

풀꽃향 당신

김영순 지음 / 176면

오늘의 詩選集 제16권

유리인형

박봉은 지음 / 176면

개별 작품집

고목나무에 꽃이 핀 사연
김영순 시집

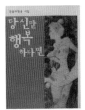

당신만 행복하다면
박봉은 제1시집

시가 영화를 만나다
장헌권 시집

아시나요
박봉은 제2시집

하얀 속울음까지 들켜 버렸잖아
김성순 시집

당신에게, 하나
박봉은 제3시집

세월이 품은 그리움
김순정 시집

사색은 강물 따라
권자현 시집

입술이 탄다
형광석 시집

내가 머무는 곳
신순복 시집

바람벽
김태환 소설

당신
박덕은 시집

한실 문예창작 동인지

한실 문예창작 동인지 제1집
『한꿈』

한실 문예창작 동인지 제2집
『한꿈』

한실 문예창작 동인지 제3집
『당신의 쓸쓸함은 안녕하십니까』

한실 문예창작 동인지 제4집
『목련은 흔들리고 있다』

한실 문예창작 동인지 제5집
『그래도 한쪽 가슴은 행복합니다』

한실 문예창작 동인지 제6집
『좋은 걸 어떡해』

한실 문예창작 동인지 제7집
『아직도 사랑인가 봐』

한실 문예창작 동인지 제8집
『꽃만 봐도 서러운 그날』